D1095905

Sagesses et malices
de Socrate,
le philosophe de la rue

DANS LA MÊME COLLECTION :

Sagesses et malices de Nasreddine,
   le fou qui était sage, tomes I et II
Sagesses et malices de la Chine ancienne
Sagesses et malices de la Perse
Sagesses et malices de Confucius, le roi sans royaume
Sagesses et malices de M'Bolo, le lièvre d'Afrique
Sagesses et malices de Birbal, le Radjah
Sagesses et malices du Touareg
   qui avait oublié son chameau
Sagesses et malices des Dieux grecs
Sagesses et malices de Madi, l'idiot voyageur
Sagesses et malices de la tradition juive

© 2005, Albin Michel Jeunesse
22, rue Huyghens, 75014 Paris
www.albin-michel.fr
Dépôt légal : premier semestre 2005
n° d'édition : 13 106 – ISBN : 2 226 15615 1
Imprimé en France par Pollina – n°L95664

Christian Roche • Jean-Jacques Barrère

Sagesses et malices de Socrate, le philosophe de la rue

Illustrations de Stéphane Blanquet

Albin Michel

PRÉFACE

Socrate a vécu en Grèce, voilà bien longtemps (au Ve siècle avant notre ère). On sait qu'il est mort pour avoir refusé la fuite ou l'exil.

C'est que la vie des philosophes, amis de la vérité, même dans l'Antiquité, n'a pas toujours été de tout repos. Souvent hostiles aux pouvoirs établis, ils se rendent insupportables par leur liberté de ton, leur manière insolente de ne pas se plier à l'opinion commune, leur manie de dire non.

On les porte aux nues, on les encense, on cherche à les compromettre, on s'efforce de les faire taire. Si rien n'y fait, on les écarte, on les emprisonne, on les tue. C'est ce qui est arrivé à Socrate, condamné à boire le poison mortel de la ciguë. Socrate est mort, mais il n'a pas fini de vivre. Il n'a rien écrit, et pourtant sa parole est toujours présente.

Pour connaître sa pensée, on ne dispose que de moqueries (Aristophane), de textes de disciples aux témoignages divergents (Platon, Xénophon), et puis à travers les siècles, jusqu'à l'actualité la plus récente, d'un empilement sans fin de commentaires.

De sa parole errante que reste-t-il ? Peu de chose.

Cependant, quelques bribes d'une histoire véritable sont probables : Socrate, hirsute et repoussant, parcourt la ville tout le jour, en harcelant de questions ceux qu'il rencontre. Sa malice est d'autant plus acide qu'il s'adresse aux riches et aux puissants, mettant à nu leur pauvreté intellectuelle et leur faiblesse. Au contraire, elle est bienveillante avec les pauvres gens. Ce qui assure vite sa renommée sulfureuse et explique ces bandes de jeunes hommes qui, dévoués corps et âme, s'agglutinent autour de lui en en faisant un maître de sagesse.

Écartant d'un haussement d'épaules les compliments et les lauriers, Socrate va partout déclarant qu'il ne dispose d'aucun savoir. Ou plutôt qu'il ne sait qu'une chose : qu'il ne sait rien. Ce qui ne nous avance guère. Les pirouettes n'en finissent pas, tandis qu'il sème, ici ou là, quelques graines de sagesse. Comprenne qui pourra. Comme le dit Socrate : circulez, il n'y a rien à voir.

SOMMAIRE

DÉCOR   14

PORTRAIT

La beauté de Socrate   17

Au-delà des apparences   20

Danser sa vie   22

Le chien fou   26

Le cri des oies   29

Le cheval rétif   31

Après l'orage, la pluie   33

Rares amis   36

Les trois tamis   38

Un plat de lentilles   41

Le daïmon de Socrate   44

ÉLOGE DE LA PAUVRETÉ

Le diseur de beaux vers   48

Avantage de la pauvreté   51

La flamme du regard   54

LA MÉTHODE SOCRATIQUE

L'ironie socratique   57

Le savoir de son ignorance   60

Le poisson torpille   65

Le taon qui pique   69

Le cheval qui se roule   71

L'accoucheur des âmes   74

GRAINES DE SAGESSE

Présages incertains   78

Le parfum de la sagesse   81

Vanité des vanités   84

Le singe, les coqs et l'âne   86

Des chevaux et des hommes   89

LE VRAI, LE BEAU ET LE BIEN

L'entre-deux   93

Le puits et les étoiles   96

L'illimité   100

Le pluvier ou le tonneau percé   104

La belle marmite   107

Le panier à ordures   111

Maladresse volontaire   114

Nul n'est méchant volontairement   117

Les nœuds de ruban   120

Le courage   123

La bague de Gygès   127

L'exemple du juste   131

La justice n'a pas de prix   134

Le bien est le bien   137

UN PEU DE LOGIQUE

L'abeille   140

Contrariété   144

Le pair et l'impair   149

Seul l'homme agit   153

LA MORT DU SAGE

La mort n'est pas un mal   158

Un coq à Esculape   163

ÉPILOGUE
Premier amour   **166**

DÉCOR

Dans le lieu le plus vivant d'Athènes, au cœur même de la ville, les marchands interpellent les passants en vantant leurs produits. Ici, des poulpes encore vivants et des poissons torpilles qui sentent la marée. Là, offerts à la convoitise des acheteurs, des cailles, des perdrix, et même des pluviers. Plus loin, des pyramides de tonneaux remplis de miel, de liqueurs et de vin. Aux platanes, ânes et chevaux attachés, énervés par les taons et les abeilles qui les piquent. Gare aux ruades et aux coups de tête !

Des oies et des poules échappées des étals, cacardent et caquettent en courant dans tous les sens. Plus bruyants encore, de jeunes et riches ambitieux s'accrochent à la tunique pourpre d'un personnage. C'est un homme à la grande renommée si l'on en croit sa ceinture dorée : un sophiste venu d'ailleurs... Tout en jouant des coudes pour reprendre un peu d'air, il promet à ces jeunes de les recevoir ce soir, contre un peu d'argent, pour répondre à chacune des questions qu'on voudra bien lui poser, même les plus difficiles. Et s'ils sont prêts à dépenser encore un peu plus d'argent, il leur enseignera, en quelques semaines, l'art de discourir sur tout et sur rien.

Socrate, son manteau sur l'épaule, s'aidant de son bâton, dépasse le groupe d'un pas vif, tout en parlant à la cantonade : « Ah, ces jeunes imbéciles prêts à s'endetter pour écouter bouche bée des fadaises ! Ces sophistes se foutent bien d'eux avec leurs beaux et inutiles discours ! Il n'y a que l'argent qui les intéresse. Et tout le monde n'y voit que du feu. »

Voilà donc le Socrate qui, depuis cinquante ans, jour après jour, arpente les rues d'Athènes.

Socrate qui, depuis cinquante ans, au hasard des rencontres, n'a de cesse de dialoguer gratuitement avec tout un chacun.

Socrate, le philosophe de la rue.

LA BEAUTÉ DE SOCRATE

– Socrate, tes yeux !

– **Et alors, qu'est-ce qu'ils ont, mes yeux ?**

– Tu as des yeux d'écrevisse.

– **Eh bien, comme ça mes yeux, ils sont bien supérieurs aux tiens : non seulement ils voient droit devant eux, mais aussi ils voient de côté.**

– Socrate, ton nez !

– **Et alors, qu'est-ce qu'il a, mon nez ?**

– Tu as un nez de cochon.

– Eh bien, comme ça mon nez, il est
bien supérieur au tien : non seulement il
hume les parfums de la terre, mais aussi
retroussé comme il est, il capte de partout les odeurs.

– Socrate, ta bouche !

– Et alors, qu'est-ce qu'elle a, ma
bouche ?

– Elle est plus vilaine que celle d'un âne.

– Eh bien comme ça, ma bouche, en
mangeant, emporte de plus gros mor-
ceaux. En plus, veux-tu que je te dise,
l'épaisseur de mes lèvres rend mes bai-
sers plus doux.

– Arrête, Socrate. Malgré toutes tes
pirouettes, il est temps que tu avoues ta laideur. Comment peux-tu même supporter ton
image dans un miroir ?

– Décidément, l'ami, tu ne comprends rien. Ne sais-tu pas que la vraie beauté est intérieure ? Et moi, lorsque je me regarde, c'est avec les yeux de l'âme.

AU-DELÀ DES APPARENCES

– Tu es laid, Socrate. Comme je te l'ai déjà
dit : tes yeux ressemblent à ceux d'une écrevisse, ta bouche est plus hideuse que celle d'un
âne.

– Qu'y puis-je ?

– Tout en toi est repoussant, et lorsque la pas-
sion te brûle, ta laideur est épouvantable.

– Qu'importe…

– Tu ne te rends pas compte. Je ne comprends
pas comment on ose t'aborder ! Ta laideur fait
fuir. Elle est déjà en soi une objection à tout

ce qu'on pourrait te dire, un refus de répondre aux questions qu'on te pose…

– **Au moins, je ne passe pas inaperçu !**

– Si cette laideur te désigne à tous les yeux, elle n'incite pas à te fréquenter.

– **Et pourtant, tu vois, j'ai de la compagnie. Tu serais peut-être un peu jaloux de tous ces jeunes qui me questionnent sans répit…**

– Non, vraiment, je ne comprends pas que tu passes pour un sage et que l'on vienne te questionner sur tous les sujets !

– **Je te l'accorde, mon visage porte les marques d'une mauvaise vie…**

– Là, tu exagères…

– **De la mauvaise vie qui aurait pu être la mienne si je n'étais pas devenu accro à la philosophie.**

DANSER SA VIE

Au cours des banquets, les amis se réunissaient non seulement pour manger, comme on le fait aujourd'hui, mais aussi pour boire. Et lorsqu'il était tard, venaient les joueuses de flûte et les enfants qui dansaient. Pendant ces soirées, Socrate tenait magnifiquement le coup et ne manquait pas de s'amuser.

– Ah, l'ami ! Écoute cette musique. Écoute vibrer les cordes. Écoute comme elle pleure…

– Eh bien, Socrate, le vin te rend triste !

– **Non, mais regarde l'enfant qui danse maintenant…**

– Oui, bien sûr. Un enfant. Un simple enfant. Dans le temps béni de sa première jeunesse. Pour toi, Socrate, je ne voudrais pas te faire de peine, mais le temps est passé.

– **Ah, non !**

– Allons, Socrate !

– **Non ! Regarde. Sur cette musique, ces gestes. Ces pas. Ces figures.**

– En effet…

– **Cet enfant est encore plus beau lorsqu'il danse.**

Regarde. Il n'est pas un seul de ses membres qui ne s'agite. Le cou, les bras, les jambes, un seul mouvement les parcourt.

– C'est qu'il a un maître de danse excellent, qui lui a appris…

– **Allons ! Qu'on m'amène le maître…**

– Quoi donc, Socrate ! Le maître ? Pour quoi faire ?

– **Oui, je te le dis, moi, Socrate, je veux apprendre à danser !**

– À ton âge ! À quoi cela te servirait-il ?

– **Je ne sais pas… Je danserai pour les dieux…**

– Tu n'es pas sérieux.

– **Je danserai pour moi seul.**

– C'est trop tard pour toi, Socrate ! Il faut te faire une raison, de toute façon tu es trop vieux.

– **Allons, tous ! Laissez-moi tranquille : il n'y a pas d'âge pour celui qui veut apprendre !**

LE CHIEN FOU

– Cela fait un moment que je t'écoute, Socrate.
À chaque question que tu me poses, je dis que
je suis d'accord avec toi. En fait, il n'en est rien.
Mais si je commençais à discuter, à faire la
moindre objection, même si c'est pour m'amuser, toi, comme un jeune chien fou qui verrait
un os, tu serais tout content de t'en emparer !
**– Eh bien moi, Socrate, je suis content
d'être qualifié de chien. Je te le dis : un
homme comme il faut doit avoir les qualités d'un chien de bonne race.**

– Que veux-tu dire ?

– Eh bien, crois-tu que le naturel d'un bon chien de garde diffère de celui d'un homme comme il faut ?

– Comment cela ?

– Ils doivent avoir, l'un et l'autre, des sens aiguisés pour surprendre un voleur qui se serait introduit dans la maison...

– Ah bon ?

–... de la vitesse pour le poursuivre...

– Ah ?

–... et, s'il le faut, de la force pour le saisir.

– Et toi, là-dedans ?

– Et moi, comme un bon chien de garde, je surprends les faux amis de la sagesse, je les poursuis de mes objections, et je les saisis dans leur ignorance

jusqu'à ce qu'ils reconnaissent enfin
qu'ils ne savent rien.

LE CRI DES OIES

Le mauvais caractère de la femme de Socrate est légendaire. Elle est la plus insupportable des femmes passées, présentes et à venir. Toujours en train de crier ! Elle jette un vase d'eau à la figure de son mari ou renverse la table lorsqu'il invite un ami à dîner. Un jour où Socrate se promenait au marché, un de ses amis osa lui faire une remarque.

– Socrate, je ne te comprends pas.
– **Quoi donc ?**

– Comment peux-tu supporter une femme toujours occupée à crier !

**– Et toi, tu supportes bien le cri de tes
oies ?**

– Oui, mais au moins elles me donnent des
œufs et des oisons.   .

**– Eh bien, Xanthippe, mon épouse, elle,
me donne des enfants... Trois d'ailleurs,
et ils sont bien portants.**

LE CHEVAL RÉTIF

– Avec ta femme, Socrate, tu es bien à plaindre.

– **Mais non...**

– Elle est pourtant tellement désagréable avec toi. Comment peux-tu supporter cela !

– **L'ami, écoute un peu.**

– Quoi donc ?

– **Supposons, un instant, que tu veuilles devenir un habile cavalier.**

– Et alors ?

– **Choisirais-tu un cheval docile ou un cheval rétif ?**

– Un cheval docile, bien sûr.

– **Non, réfléchis un peu : si tu es capable de maîtriser un cheval difficile, il te sera facile de manier n'importe quel autre cheval…**

– Peut-être, puisque tu le dis, mais quel rapport avec ta femme ?

– **J'ai pris cette épouse sachant bien que si je parvenais à la supporter, alors mes relations seraient faciles avec tous les autres humains…**

APRÈS L'ORAGE, LA PLUIE

C'était l'été et, sur Athènes, les nuages lourds annonçaient l'orage.

Les cris n'en finissaient pas : ils s'arrêtaient un moment, puis reprenaient de plus belle. La voix était jeune, haut perchée. Cela venait de la maison de Socrate. Une fois encore, sa femme Xanthippe laissait aller sa colère. Elle était connue de tout le quartier pour son ton de crécelle et sa perpétuelle mauvaise humeur. Tous les jours, c'était des plaintes, des récrimi-

nations et même des cris. Jamais Socrate ne
répliquait.

On le vit sortir de la maison, le manteau sur
l'épaule, s'appuyant sur son bâton. Xanthippe
le suivait dans le jardin, le poing menaçant,
en criant de plus belle. Socrate fit une pause
un petit moment, comme s'il guettait le
moment où cela finirait bien par s'arrêter…
Alors Xanthippe, s'énervant encore plus de
voir le calme de son vieil époux, s'empara
d'un seau d'eau qui traînait dans les allées et,
d'un seul coup, en jeta le contenu sur la tête
de Socrate.

Gardant son sourire énigmatique, celui-ci dit
simplement :

**– Je me doutais bien que de si gros
nuages amèneraient la pluie.**

RARES AMIS

On venait de planter, au sommet de la maison, le rameau d'olivier. Ceux qui passaient savaient que c'était la nouvelle demeure de Socrate.

– Alors, Socrate, voilà la maison que tu viens de faire construire !

– **Certes...**

– Tu as de la chance, elle est toute belle !

– **Oh ! ce n'est rien...**

– Ah, si. Resplendissante !

– **Peut-être...**

– Mais pourtant...

– **Quoi ? Quelque chose qui ne va pas ?**
– Pardon, Socrate. Tu sais, je ne veux pas te
faire de peine. Mais, je ne suis pas le seul…
Loin de là. Tous tes amis le disent…
– **Mes amis ? Que veux-tu dire par-là ?**
– Je ne parle pas des simples connaissances mais
de tes vrais amis. Et autant te le dire, quelque
chose ne va pas : ta maison n'a que deux pièces.
Et encore, toutes petites !
– **C'est plus qu'il n'en faut !**
– Ah, non Socrate, je ne te comprends pas.
Tous tes amis, te dis-je… Comment veux-tu
qu'ils tiennent là-dedans ?
– **Les amis, on s'imagine pouvoir en faire
une liste interminable. En réalité, on peut
les compter sur les doigts de la main. Rien
n'est plus facile de se dire ami, mais rien
n'est plus rare que la véritable amitié.**

LES TROIS TAMIS

– Il faut que je te raconte, Socrate, ce que je viens d'apprendre sur ton ami…

– **Attends un peu ! La langue te brûle-t-elle à ce point que tu n'as même pas songé à passer ce que tu as à me dire au travers des trois tamis ?**

– Mais Socrate, que veux-tu dire ?

– **Tu sais bien qu'avant de parler il faut toujours passer ce qu'on a à dire au travers de trois tamis.**

– Quels tamis ?

– Le premier tamis est celui de la vérité. Es-tu sûr que ce que tu veux me dire est vrai ? L'as-tu vraiment vérifié par toi-même ?

– Non, on me l'a dit.

– C'est donc du « on dit », une rumeur. Tu ne sais même pas si c'est la vérité.

– Bof !

– Passons-le au travers du deuxième tamis : ce que tu veux m'apprendre sur mon ami est-il quelque chose de bon ?

– Ah non ! Au contraire…

– Tu veux me dire du mal de mon ami et tu ne sais même pas si c'est vrai ! Ce sont peut-être des mensonges, des racontars…

– Bof !

– Voyons le troisième tamis : ce que tu as à raconter est-il utile ?

– Non, pas vraiment…

– Alors, si ce que tu veux me dire n'est ni vrai ni bon ni utile, pourquoi veux-tu me le dire ? Garde-le pour toi. Encore mieux, oublie-le !

UN PLAT DE LENTILLES

– Mais enfin, Socrate, cela ne fera pas assez !

– **Quoi donc ?**

– Eh bien, pour le repas de ce soir…

– **Si. Un plat de lentilles.**

– Ça ne fait pas lourd !

– **Si tu veux, je mets en plus, un oignon grillé.**

– Mais, tu le sais pourtant, Socrate, un seul ce n'est pas assez. Tu oublies sans doute…

– **Quoi donc ! Je ne suis pas un homme qui oublie quoi que ce soit.**

– Mais si. Tu oublies tes amis.

– **Quoi ? Quels amis ?**

– Ceux que tu as invités pour ce soir…

– **Ah oui ! C'est vrai.**

– Tu vois bien, il faut prévoir autre chose.

– **D'accord, un poisson séché de plus fera l'affaire.**

– Allons, Socrate ! Tu n'es pas sérieux. Ce sont tes amis.

– **Eh bien, justement !**

– Décidément, Socrate, je ne comprends rien à ce que tu racontes !

– **C'est pourtant simple… Si ce sont vraiment mes amis, qu'est-ce que ça peut leur faire ?… Que leur importe un plat de lentilles ou un poisson séché ! La vraie amitié se moque de la richesse.**

– Tu exagères, ils ne seront pas contents.

– Alors ce ne sont pas vraiment des amis… Et je te le dis, moi, Socrate, si ce ne sont pas mes amis, qu'est-ce que ça peut me faire ?…. Que m'importe qu'ils ne soient pas satisfaits !

LE *DAÏMON* DE SOCRATE

Socrate répond à un appel divin. Il est comme un arc-en-ciel tendu entre la terre des hommes et le ciel des dieux. En lui, un *daïmon* fait entendre sa voix quand un avertissement est nécessaire.

– Où étais-tu, Socrate ?

– **Je ne sais... Un voyage.**

– Allons ! Tout le monde sait que tu n'as pas quitté la ville.

– **Eh ! Pourtant !**

– Enfin ! Ton corps était là, immobile. Je ne sais pendant combien d'heures.

– **Oh ! un instant. Un simple instant. Plus vif que la lumière. Plus loin que l'espace. Un instant comme un cygne qui fend le ciel.**

– Tu déraisonnes, Socrate.

– **Non, te dis-je ! Il y a aussi...**

– Quoi donc ?

– **Tu le sais bien, l'ami. Les songes.**

– Et alors ?

– **Les songes où nous visitons ceux qui ne sont plus... Les songes qui nous rappellent le passé... Et ceux qui entrent par les portes cornées, qui sont de véritables avertissements divins.**

– Oh ! Socrate...

– **Si, si, l'ami. C'est au cours d'un rêve**

qu'on m'a demandé d'écrire des poèmes
et de les mettre en musique.

– Mais… la philosophie, dans cette affaire ?

– **C'est que la philosophie est la forme la
plus pure de la musique.**

– Je ne te comprends pas, Socrate.

– **C'est un rêve qui m'a dit qu'il fallait, à
tout prix, que j'aille partout dans la ville
pour vous questionner sans cesse.**

– Allons bon ! Ce sont les rêves qui te com-
mandent…

– **Peut-être… Mais il y a plus.**

– Quoi donc ?

– **Mais cette voix, tu sais, qui gronde à
mon oreille au point que parfois je suis
impuissant à en écouter d'autres.**

– Que te dit-elle ?

– **Rien, ou presque rien.**

– Mais encore…

– Elle me murmure surtout de ne pas faire ceci ou cela. « Ne t'occupe pas de politique, ne recherche pas la richesse… » Pour le reste, je suis libre d'agir.

– Tu m'inquiètes, Socrate !

– C'est mon *daïmon*, cette inspiration divine qui me guide.

– Il y a de l'étranger, et même de l'étrange en toi.

– C'est grâce à cela que je peux te questionner et faire apparaître au grand jour la vérité enfermée au plus profond de ton être.

LE DISEUR DE BEAUX VERS

Nous sommes au pied de l'Acropole. Sur la place du marché, aux fortes odeurs d'épices et de légumes, un homme joue des coudes, se fait une place dans la foule et s'approche de Socrate. C'est un homme élégant, un frimeur, un déclamateur célèbre, payé pour dire de beaux vers.

– Tiens, Socrate, puisque je t'ai sous la main… Toi qui passes pour un sage, dis-moi donc…

– Ah non ! pas à toi… Non, non, je n'ai

**rien à déclarer à toi. Au contraire, c'est
toi, mon cher, que j'écoute. Habillé
comme tu es!...**

– Tu dis vrai, Socrate, j'ai une assez bonne
réputation.

– **Un vêtement d'un aussi beau rouge.
Des sandales dorées. Allez, tourne-toi...
Ah oui, vraiment, mis comme tu es, je
suis sous le charme. Je suis prêt à t'ap-
prouver en tout point, quoi que tu dises.**

– Mais, Socrate, dis-moi, toi, quand même des
phrases, quelque chose…

– **Ah non! Allons, ne m'en veux pas.**

Socrate, sur-le-champ, fait demi-tour. Pieds
nus et le manteau troué sur l'épaule, il s'en va,
aussi vite qu'il le peut. Loin de ces beaux parleurs qu'il déteste, il se perd dans la foule du
marché.

Et puis de loin, plissant ses yeux de malice, il crie à tue-tête :

– Oui, oui, tu parles, mais je ne t'entends plus. Vas-y, parle plus fort. Je prendrai, sûrement, une autre fois, le temps de te répondre…

AVANTAGE DE LA PAUVRETÉ

– Ah, mon pauvre Socrate, tu es bien à plaindre !

– **Pourquoi donc ?**

– Tu n'as pour toute richesse que ce bâton noueux et ce manteau troué… Regarde au contraire cet homme qui passe, avec ses riches habits, ses bijoux resplendissants, ses sandales dorées…

– **Le malheureux ! Je le plains bien…**

– Socrate, je ne te comprends pas.

– **Imagine un peu qu'au coin sombre**

**d'une ruelle on le dépouille de ses
bijoux, de ses vêtements, de ses chaus-
sures. Qu'on lui arrache même la vie...**
– Cela peut arriver à tout le monde... Ce
n'est pas une raison pour préférer la pauvreté.
**– Si, l'ami. La pauvreté a cet avantage
parmi d'autres de n'être jamais volée,
même si on l'abandonne dans la rue.**

Alors, laissant son ami sans voix, Socrate jette
son vieux manteau et, tout en s'aidant de son
bâton, disparaît en claudiquant au bout de la rue.

LA FLAMME DU REGARD

– Regarde, Socrate, le beau vêtement que je porte aujourd'hui.

– En effet…

– Ne trouves-tu pas qu'il me va à merveille ?

– Sûrement. Mais enfin…

– Enfin quoi, Socrate ! On dirait que tu es jaloux !

– D'un vêtement ! Tu plaisantes… Un vêtement, ce n'est pas grand-chose. On le met. On l'enlève.

– Je n'ai pas eu besoin d'une seule retouche.

Ce qui prouve, une fois de plus, que je suis assez bien de ma personne.

– **Peut-être... Mais cela ne durera pas toujours.**

– Comment cela, Socrate ?

– **Eh bien, peu à peu, quand tu vieilliras, ton corps prendra de l'embonpoint, de la graisse, des plis et des rides.**

– Oh ! Socrate, tu me fais peur. C'est affreux.

– **Mais non, mon ami, cela n'a pas beaucoup d'importance...**

– Ah ! vraiment tu exagères. Enfin, avec de l'argent, on s'en tire toujours.

– **Ne crois pas cela. L'argent aussi va et vient. Un jour, peut-être, tu n'en auras plus. Tout cela n'a pas tellement d'importance.**

– C'est trop, Socrate. Pour toi, rien ne

compte. Ni les vêtements, ni l'élégance du corps, ni les bienfaits de la richesse. Pourtant, toutes ces choses m'appartiennent.

– **Bien sûr, toutes ces choses sont à toi.**

– Et alors !

– **Mais toutes ces choses ne sont pas toi.**

– Comment cela, Socrate ?

– **Il n'y a qu'une chose qui soit toi, qui t'appartienne vraiment. Qu'on ne peut pas enlever comme un vêtement, qui ne vieillit pas, qui ne se perd pas au hasard des événements.**

– Quoi ? Qu'est-ce donc ?

– **Disons que c'est la flamme qui est dans ton regard.**

– Je ne te comprends pas.

– **Ton âme ou ta conscience.**

L'IRONIE SOCRATIQUE

À Delphes, il y a, aujourd'hui encore, les
ruines saisissantes d'un temple consacré jadis à
Apollon, le dieu solaire.
On venait de toute la Grèce pour consulter les
devins qui interprétaient les paroles mysté-
rieuses d'une femme prophétisant l'avenir. Un
ami de Socrate avait lui aussi gravi la colline.

– Ton ami, Socrate, avait pris le chemin bordé
par d'immenses statues, plus belles les unes
que les autres.

– **C'est vrai. Il y a longtemps déjà.**

– Les lettres d'or inscrites au fronton du temple brillaient au soleil.

– **Et mon ami a continué à marcher sur ce chemin qui grimpait dur.**

– Oui, Socrate, jusqu'à la pythie. Celle dont la bouche prononce des paroles véritables. Et c'est la pythie elle-même qui a dit que, toi Socrate, tu étais le plus savant des hommes.

– **Oh non, l'ami. Pas le plus savant. Seulement le plus sage.**

– Comment cela ? Je ne comprends pas la différence…

– **Eh bien, je te le dis, moi, Socrate : le savant, c'est celui qui sait !**

– Et le sage alors ?

– **Le sage, c'est celui qui ne sait pas…**

– Allons bon ! Vraiment, Socrate, tu dis n'importe quoi ! Si la pythie a dit que tu étais le plus sage des hommes, c'est que tu sais quand même quelque chose.

– **Oui. Je sais quelque chose que les gens qui croient savoir ne savent pas !**

– Ah ! Tu vois bien, Socrate ! Le sage ne saurait être un ignorant.

– **Le vrai sage est celui qui sait… qu'il ne sait rien !**

LE SAVOIR DE SON IGNORANCE

– **Ainsi, tu sais compter.**

– Oui, Socrate, parfaitement. Un et un font deux, deux et un font trois, trois et un font quatre, et ainsi de suite.

– **En effet, c'est parfait. Et maintenant, tu ne laisses personne d'autre compter pour toi ?**

– Oh non, Socrate ! Pour cela, je n'ai plus besoin d'un maître.

– **Y a-t-il pourtant des choses que tu ignores ?**

– Je ne comprends pas bien ce que tu veux dire, Socrate.

– **Des choses pour lesquelles tu ne sais comment faire. Des choses pour lesquelles tu as besoin de gens qui savent.**

– Oui, sans doute.

– **Par exemple, lorsqu'il s'agit de faire la cuisine.**

– Cela, je ne sais pas le faire.

– **Tu ne saurais donc pas me donner une recette !**

– Oh non, Socrate ! Je suis un ignorant pour tout ce qui concerne la cuisine. Pour une recette, je crois qu'il vaut mieux que je demande au cuisinier.

– **Y a-t-il encore autre chose que tu ne sais pas ?**

– C'est-à-dire, Socrate ?

– **Eh bien quelque chose pour lequel tu as besoin d'autrui. Par exemple, piloter un bateau…**

– C'est évident, Socrate. Cela, je ne le sais pas non plus.

– **Et si tu veux en savoir plus, tu poses une question à celui qui sait.**

– Bien sûr, Socrate, je pose une question au pilote.

– **En fait, je te le dis, moi Socrate : tu sais beaucoup plus de choses que tu ne crois.**

– Allons, Socrate, ne te moque pas ! Je l'ai dit pour commencer : je sais un peu compter, mais je ne sais ni cuisiner ni piloter.

– **Si, si, mon jeune ami. Tu as un formidable savoir qui s'applique à tout ce que tu ne sais pas...**

– Décidément, Socrate, tu es imprévisible.

– **Réfléchis donc... Il y a les mauvais ignorants qui ignorent qu'ils ne savent pas. Mais toi, tu es un bon ignorant, qui sait qu'il ne sait pas...**

LE POISSON TORPILLE

Le jeune homme est bien dans l'embarras.
Une heure déjà qu'il cherche à répondre à la
question posée par Socrate : « Qu'est-ce que la
vertu ? » Le pauvre bougre n'a de cesse d'avan-
cer des définitions qu'aussitôt Socrate réfute.
À la fin, n'en pouvant plus, il explose :

– Socrate, je vais te le dire une fois pour
toutes.
– **Quoi donc ?**
– Tu ressembles à un poisson torpille !

Ce poisson qui, lorsqu'on le touche, à l'occa-
sion d'un bain dans la mer, nous paralyse.
– **Pourquoi ?**
– Eh bien, je suis comme anéanti.
– **Explique-toi.**
– Une véritable torpeur m'a envahi. Ma
bouche est pâteuse. Je ne sais que te répondre.
Et pourtant, sur la vertu, j'ai déjà, dans plein
d'occasions, mille et mille fois copieusement
et joliment parlé.
– **Rassure-toi. C'est parce que je me
trouve moi-même dans un extrême
embarras que j'embarrasse aussi les
autres.**
– Si, si. Tu es vraiment une torpille.
– **Mais non, la torpille ne se met pas
dans un état de torpeur quand elle y met
les autres. Je ne lui ressemble donc pas.**

– Mais pourquoi embarrasses-tu les autres ?

– **Contrairement à la plupart de ces gens que tu fréquentes habituellement, et qui croient tout savoir, moi, je sais qu'il faut questionner.**

– Que veux-tu dire ?

– **Pour savoir, il faut examiner. Il faut tout examiner.**

– Qu'est-ce à dire ?

– **Examiner les autres. Et soi-même.**

– Allons bon ! C'est quoi, examiner ?

– **Examiner, c'est questionner, interroger. Interroger sans cesse.**

– Ah, Socrate ! En attendant, tu as torpillé tout mon savoir !

LE TAON QUI PIQUE

Torpille qui engourdit ceux qui confondent bavardage et langage, Socrate se fait aussi parfois taon.

– **Amis d'Athènes, je sais bien que vous allez, un jour ou l'autre, me faire mourir. Mais vous le regretterez bien vite.**

– Comment ça ?

– **On ne trouvera pas facilement un autre homme – je le dis au risque de prêter à rire.**

– Un autre homme ?

– Oui, un homme attaché à vous par la volonté des dieux, pour vous stimuler comme un taon embête un cheval un peu mou.

– Pourquoi donc ?

– Parce que vous, les Athéniens, vous êtes un peu mollassons...

– Mollassons ?

– Voilà pourquoi je ne cesse de vous titiller, de vous pousser, vous engueuler, en vous poursuivant partout, du matin jusqu'au soir.

– Que veux-tu dire, Socrate ?

– Vous vous contentez de solutions toutes faites. Moi, le philosophe, je suis le taon qui réveille et qui interdit la torpeur paresseuse. Car philosopher, c'est pointer ce qui fait problème.

LE CHEVAL QUI SE ROULE

– Écoute cette histoire, Socrate : on raconte qu'un peintre célèbre reçut un jour la commande d'un riche client qui voulait un tableau représentant un cheval qui se roule. Quelques jours après, le peintre présenta son œuvre au commanditaire, qui fut tout surpris de voir sur la toile un cheval galopant. À l'acheteur irrité, le peintre répondit : « Tourne le tableau. Le cheval qui court deviendra pour toi un cheval qui se roule. »

– Je ne comprends pas pourquoi tu me

racontes cette histoire, dit Socrate en souriant.

– Eh bien, toi, Socrate, tu ne respectes pas les règles, tu ne parles pas clairement, mais si quelqu'un retourne tes paroles comme le tableau, il les trouve tout à fait correctes.

– C'est que je ne veux pas que mes inter-locuteurs s'attachent à moi et dépendent de moi. Je ne suis le maître de personne. C'est pour cela que je leur tiens des pro-pos énigmatiques et détournés.

– Pourquoi ne veux-tu pas être un maître ?

– Les maîtres-penseurs fournissent du « prêt à penser », de la pensée sur mesure, au mètre.

– Comme les marchands de tissu ?

– Oui, et moi je te le dis, un mètre-pen-seur qui vend au client des idées toutes faites, du genre « c'est vrai puisque je vous le dis », n'est ni un maître à penser ni un maître spirituel.

– Un mauvais maître, en somme.

– Oui, un maître à ne plus penser...

L'ACCOUCHEUR DES ÂMES

– Socrate, tu interroges sans repos ceux qui
prétendent tout savoir. Et puis, d'un coup,
comme un poisson torpille, hop ! tu leur
envoies une décharge électrique… Et
patatras ! celui qui s'enorgueillit de son savoir
est tout engourdi. Alors tout le monde voit
bien que, en réalité, il ne sait rien. C'est bien
ta méthode, Socrate ?
– **Oui, tu as peut-être raison…**
– Mais il doit quand même bien y avoir des
gens qui ne disent pas qu'ils savent tout. Des

gens qui admettent bien volontiers qu'ils ne savent pas grand-chose.

– **Et même, qui croient, en toute bonne foi, qu'ils ne savent rien.**

– Alors là, Socrate, tu ne peux rien pour eux. Pas même les torpiller avec l'ironie, puisqu'ils ne prétendent à aucun savoir. Ta méthode est mise en échec...

– **Oh non ! dit Socrate. J'ai plus d'un tour dans mon sac. L'ironie, c'est contre les sophistes, ceux qui croient tout savoir. Mais pour ceux qui s'imaginent ne rien savoir, je dispose d'un moyen merveilleux : la maïeutique.**

– La maïeutique ?

– **Oui. C'est vrai, c'est un mot difficile. Mais cela veut dire simplement « accouchement ».**

– Comment cela ?

– **Eh bien, jeune innocent, n'as-tu pas entendu dire que je suis fils d'une très vaillante et sage-femme.**

– Une sage-femme ?

– **Oui, ma mère est sage et même c'est une sage-femme.**

– Et toi là-dedans, quel rapport avec toi ?

– **Et bien, moi, je te le dis : j'accouche les esprits comme ma mère accouche les corps.**

– Alors, vraiment, tu ne transmets aucun savoir… Tu ne verses rien dans la tête de ton élève. Tu ne donnes pas de leçons à apprendre par cœur…

– **Non. Mais ceux qui me fréquentent assidûment font tous des progrès merveilleux.**

– Tu veux dire qu'ils apprennent, malgré tout,
quelque chose de toi ?

– **Oh ! il est clair comme le jour qu'ils
n'apprennent rien de moi.**

– Et alors, à quoi ça sert ?

– **Ils trouvent en eux-mêmes et produi-
sent beaucoup de belles choses. Et c'est
un peu grâce à moi qu'ils en accouchent.**

PRÉSAGES INCERTAINS

– Avoir des enfants, voilà le plus grand bonheur !
– C'est vrai, dit Socrate.
– Des enfants qui rient, qui chantent, qui dansent tout le jour…
– Peut-être. Pourtant, les enfants ne rient
pas tout le temps.
– Non, c'est vrai.
– Et parfois, ils pleurent, ils crient, ils
trépignent. Certains même font ça très
souvent.

– Non. Là, tu exagères, Socrate.

– **Non, non. Il arrive aussi que les enfants se mettent en colère sans rime ni raison.**

– Cela fait bien de la peine aux parents.

– **Et en grandissant, ils élèvent la voix, font des gestes menaçants, se livrent parfois à quelque violence.**

– Ah ! ça, Socrate, voilà bien pour des parents le plus grand des malheurs !

– **Pourtant, ne m'as-tu pas dit tout à l'heure qu'avoir des enfants, c'est le plus grand bonheur.**

– Euh, oui, c'est vrai. J'ai dit cela. Mais…

– **Et maintenant, tu dis tout le contraire. Crois-tu sérieusement qu'une chose puisse être elle-même et son contraire ?**

– Non, sûrement. Mais enfin, Socrate, arrête

un peu, tu cherches à m'embrouiller.

– Oh non ! Je te force seulement à réflé-
chir. Je te le dis, moi, Socrate : le bonheur d'aujourd'hui peut être le malheur
de demain. Imagine cet enfant souriant
et doux dans son berceau. Bon ou
méchant ? Rien ne laisse présager ce que
cet enfant fera plus tard.

– Et alors ?

– Sois-en sûr, l'ami, pour toutes choses,
les horoscopes, c'est n'importe quoi !

LE PARFUM DE LA SAGESSE

– Ah, Socrate !

– Quoi donc, l'ami ?

– Les femmes…

– Et alors ?

– Je ne sais comment dire… Leurs crèmes, leurs fards, leurs parfums. Tout cela exhale une telle odeur…

– En effet, c'est sans doute très agréable.

– J'en ai la tête qui chavire.

– Calme-toi. Et puis tu oublies, l'ami,

que les jeunes hommes aussi se parfu-
ment.

– Que veux-tu dire, Socrate ?

– **Il y a ce parfum qui traîne dans les
vestiaires.**

– Tu parles d'une autre odeur. De cette odeur
de l'huile dont ils enduisent leur corps lorsqu'ils vont, par bandes, au gymnase…

– **Peut-être.**

– Mais nous, Socrate, qui depuis longtemps,
trop longtemps, avons cessé d'aller au gymnase, quelle doit être notre odeur ?

– **Celle de la sagesse.**

– Où peut-on se procurer ce parfum-là ?

– **Certainement pas chez les marchands.**

– Où donc alors ?

– **C'est seulement en fréquentant les gens
sages que tu apprendras la sagesse.**

VANITÉ DES VANITÉS

Sur le marché d'Athènes, des objets de toute nature sont proposés par les marchands à l'admiration et à la convoitise des acheteurs.

Socrate, passant, se contente de dire :
– **Que de choses dont je n'ai pas besoin !**
Plus loin, il rencontre un homme vêtu d'un manteau de pourpre, d'étoffes d'argent et d'or.
– **Voilà une tenue bien utile à des acteurs qui vont jouer la tragédie, mais parfaitement inutile au bonheur de la vie.**

Plus loin encore, Socrate rencontre un homme jouant avec ses haillons, montrant avec insistance les trous de son vêtement.

– Je vois ta vanité à travers les trous de ton manteau, lui lance Socrate.

LE SINGE, LES COQS ET L'ÂNE

Plus d'une heure déjà que sur la place du marché, la discussion s'échauffe. Tour à tour, chacun cherche, face à Socrate, à faire triompher son point de vue. Les beaux parleurs croient l'emporter.

Mais en vain : Socrate est trop familier de ces disputes verbales. Tout en parlant, il gesticule. Il lance ses poings en l'air. Il s'arrache les cheveux.

Autour de lui, la foule fait cercle. Elle applaudit à ses bons mots. Mais surtout, elle rit de ses

pirouettes et se moque de ses singeries.
Socrate, indifférent aux rires, continue : il gri-
mace, tord sa bouche, se jette en avant,
ramassé sur lui-même tel un pugiliste, comme
s'il allait frapper les spectateurs.

Soudain, à bout d'arguments, un homme sort
du cercle. Il s'approche sournoisement de
Socrate et, sans prévenir, lui lance de toutes
ses forces un coup de pied au derrière.
Aussitôt, la foule bat des mains et s'excite :
« Vas-y, Socrate. C'est l'autre, là-bas, qui t'a
cogné. Allez. Vas-y. Attrape-le. Montre-lui.
Rends-lui le coup. »

**– Non, les amis, dit Socrate. N'espérez
pas que nous nous battions l'un contre
l'autre… Évidemment, ça vous ferait**

plaisir que nous nous écharpions comme des coqs. Vous pourriez même, encourageant tantôt l'un tantôt l'autre, compter les coups, et pourquoi pas, voir le sang couler.

Non, les amis. Je ne vais quand même pas me fâcher pour si peu : si c'était un âne qui m'avait frappé, lui ferais-je un procès ?

Certes, on peut défendre ses idées avec vigueur, mais face à la violence physique, le sage sait garder son sang-froid.

DES CHEVAUX ET DES HOMMES

– Regarde ces deux chevaux, dit Socrate.

– Oui, et alors ?

– Le premier est droit et bien découplé, d'encolure haute, avec les naseaux énormes, la robe blanche et les yeux clairs.

– Oui, il semble plein de qualités.

– il est amoureux de l'honneur, de la tempérance et de la pudeur, attaché au vrai ; la parole et la raison suffisent à le conduire.

– Et l'autre ?

– L'autre, au contraire, est tortu, épais, mal bâti. Il a le cou trapu, l'encolure courte, la face camarde, la robe noire, les yeux sombres et injectés de sang.

– Plein, sans doute, de passions mauvaises.

– **Ami de la violence et de la fanfaron-
nade, il est velu autour des oreilles, il est
sourd et n'obéit qu'avec peine au fouet
et à l'aiguillon.**

– Mais que veux-tu dire par là, Socrate ?

– **Il en est des chevaux comme des
hommes.**

– Les hommes ?

– **Chacun porte en lui, au plus profond,
la lumière du cheval blanc et les ténèbres
du cheval noir.**

– Mais le sage ?

– **Nous y voilà ! Seul le sage sait tenir
l'attelage des deux. Comme un bon
conducteur, il réfrène les passions mauvaises de son cheval noir et encourage
les qualités de son cheval blanc.**

L'ENTRE-DEUX

– Ah ! Socrate, je ne saurais être l'ami de ce garçon…

– **Pourquoi donc ?**

– Tous les deux, nous sommes trop différents !

– **Comment cela ?**

– Je ne sais comment te dire… Nous sommes, disons, comme le jour et la nuit.

– **Tu aimerais donc plutôt un ami qui te ressemble…**

– Oui, sans doute, Socrate.

– **Un ami qui serait un autre toi-même.**

– Peut-être…

– **Comme ta propre image dans ton miroir !**

– Non, tout de même pas, Socrate. Je n'ai pas besoin de cela car, malgré tout, je recherche la différence.

– **Mais tu veux une différence qui ne soit pas trop grande.**

– C'est cela même, Socrate.

– **Et, dans l'amitié, tu recherches aussi une ressemblance qui ne soit pas trop forte.**

– C'est cela même, Socrate.

– **Eh bien, moi, Socrate, je te le dis, tu es comme le philosophe !**

– Comment cela ?

– **Oh, c'est très simple… D'un côté, il y a la lumière éblouissante du soleil, de** l'autre, la sombre obscurité de la lune.

– C'est vrai…

– Le soleil et la lune sont trop différents, pour se rencontrer jamais…

– Sûrement.

– Et qu'importe au soleil de rencontrer le soleil, qu'importe à la lune de rencontrer la lune ?

– Tu as certainement raison, Socrate. Mais la philosophie là-dedans ?

– Eh bien, la philosophie, elle est dans le clair-obscur du jour qui se lève.

– Je ne te comprends pas, Socrate.

– Ni tout à fait l'ignorance ni tout à fait le savoir.

– Mais encore ?

– Ni tout à fait la nuit, pas encore le jour…

LE PUITS ET LES ÉTOILES

Elle se tient les hanches et rit à gorge
déployée.

– Ah, ah, ah ! C'est trop drôle !

– Quoi donc ? lui demande un berger, tandis
que les moutons bêlent alentour. Qu'y a-t-il de
si risible ?

– Ben ! Ce qu'on vient de me raconter !

– Et quoi donc ?

– Ce qui est arrivé autrefois à Thalès.

– Thalès ?

– Oui, tu sais bien : Thalès, l'astronome.

Il était, une fois de plus, le nez en l'air, le visage tourné vers le ciel, sans même regarder ce qui était à ses pieds. Et patatras ! Voilà t'y pas qu'il tombe dans un trou…

Socrate, qui a tout entendu, l'interpelle :

– **Tu as tort, ma jeunette, de te moquer de cet homme. Comme tu le sais, ce géomètre était un grand spécialiste des étoiles. On ne va tout de même pas lui reprocher de porter son regard vers le lointain.**

– Oui, peut-être, mais de là à négliger ce qui est à ses pieds…

– **Tu ne sais donc pas que, dans un puits, du fond de l'obscurité, on voit les étoiles, même en plein jour ?**

– Ah bon ? Mais il n'est pas tombé exprès, tout de même !

– Non, c'est vrai. C'est comme le philosophe. Il est un peu tête en l'air. Il ne
sait pas tourner un compliment, lacer
correctement ses sandales, ni même
compter l'argent qui lui reste. Pour lui,
les choses de la vie quotidienne sont parfois comme un puits où il tombe du fait
de son inexpérience.

– Eh bien, si ce que tu dis est vrai, la philosophie ne sert pas à grand-chose !

– Et pourtant, seule la pensée du philosophe est capable aussi bien de des-
cendre dans les profondeurs de la terre
que de s'élever encore plus haut que le
ciel.

L'ILLIMITÉ

– La mer est immense, Socrate.

– **Et alors ?**

– Eh bien, le nombre de verres d'eau que contient la mer, tu t'en moques, hein, Socrate ?

– **Peut-être...**

– On ne peut t'en vouloir ! Mais là, cette chose toute proche...

– **Quoi donc ?**

– Je ne sais pas, moi ! Les réunions où se prennent les décisions...

– **Oui...**

– Les banquets, où viennent les gens impor-
tants…

– **Oui…**

– Le tribunal, où l'on joue sa liberté, et parfois
même sa vie…

– **Oui…**

– De tout cela, Socrate, tu n'as que faire. Mais
un jour, cela te jouera un mauvais tour.

– **Il y a plus important, l'ami.**

– Ah bon ? Il y a quelque chose de plus important que l'or et l'argent ! De plus important que
la fortune !

– **Sans doute…**

– Quelque chose de plus important que les lauriers, les médailles et les décorations ?

– **Sans doute…**

– Allons, Socrate ! Quelque chose de plus important que le pouvoir de décider pour autrui…

– Évidemment.

– Décidément, je ne te comprends pas,
Socrate ! Regarde comme ils foulent le sol
pleins d'assurance, ceux qui ont la richesse,
les honneurs, la puissance.

– **Eh bien, moi, Socrate, je connais
mieux qu'eux, les profondeurs de la
terre.**

– Regarde comme ils marchent la tête haute,
ceux qui ont la richesse, les honneurs, la puissance.

– **Eh bien, moi, Socrate, ma pensée va
plus haut encore, dans le ciel.**

– Plus bas, plus haut…

– **C'est vrai, l'ami, seule la pensée va
plus bas ou plus haut. Elle est sans
limites.**

LE PLUVIER OU LE TONNEAU PERCÉ

– Je te le dis, Socrate, le but de la vie, c'est de manger, de boire. En un mot de jouir.

– **Si le but de la vie, c'est le plaisir, la jouissance, alors tous les plaisirs se valent. Plaisir d'avoir faim, d'avoir soif... Mais aussi plaisir d'avoir la gale, d'éprouver le besoin de se gratter, de se gratter, et de se gratter encore ?**

– Oui, c'est vrai, c'est bien agréable de se gratter.

– **Pourquoi pas ! Mais ce que tu ne vois**

pas, c'est qu'en recherchant le plaisir à tout prix, tu te condamnes à une vie remplie de tourments, de soucis, de peines et de chagrins.

– Comment cela ?

– Imagine un homme sage avec des tonneaux en bon état et remplis de produits distincts : vin, miel, lait… Une fois ces tonneaux remplis, cet homme n'y verse plus rien, ne s'en inquiète plus et est tranquille.

– Soit…

– Imagine maintenant un autre homme. Comme le premier, il a du vin, du miel, du lait. Mais ses tonneaux sont percés et fêlés. Il est forcé de les remplir jour et nuit sans relâche.

– Oui, et alors ?

– L'homme qui veut mener une vie de plaisir est comparable à un tonneau percé qu'il faut constamment remplir.

– Non, Socrate. Une fois les tonneaux remplis, on n'a plus joie ni peine. Ce qui est agréable dans la vie, c'est de verser dans le tonneau le plus qu'on peut !

– Si l'on verse beaucoup, il y en a beaucoup qui s'en va.

– Et alors ?

– Et alors, un tel homme est comparable à un pluvier.

– Un pluvier ?

– Oui, cet oiseau qui mange et qui chie en même temps !

LA BELLE MARMITE

Des platanes noueux, aux feuilles épaisses,
étendent leurs branchages. Quelques collines
cailouteuses barrent l'horizon. D'un côté, des
plantations, des vergers, puis des pâturages où,
tranquilles, paissent les bœufs mugissants ; de
l'autre, des maisons aux abords de la ville.
Sous l'ombre des arbres, autour d'un foyer
encore fumant, des hommes discutent. Leurs
paroles s'échangent vivement. Et Socrate
intervient :

– **Alors, l'ami, qu'est-ce que la beauté ?**

– Eh bien, c'est très simple. La beauté, c'est…
Je ne sais pas, moi. Un beau visage, par
exemple.

– **Mais encore ?**

– Je ne sais pas, moi… Tiens, tu vois, Socrate,
le cheval qui court là-bas, près du troupeau.
Voilà un beau cheval. Voilà ce qui est beau !

– **Non, pas vraiment…**

– Ah ! Socrate, tu exagères ! Enfin, si tu ne
veux pas voir ce qui est autour de toi, alors au
moins écoute.

– **Quoi donc ?**

– Écoute le berger, près de nous, qui joue mer-
veilleusement de son instrument. Et regarde
cette flûte comme elle est belle.

– **Je ne vois guère…**

– Alors regarde plus près de toi. Choisis ce que
tu veux…

– **Cette marmite !**

– Ah ! vraiment, Socrate, tu as le goût de la plaisanterie ! Enfin, va pour la marmite…
Mais tout de même… Un beau visage, c'est plus beau qu'un bel instrument de musique. Et ça ne se compare pas à une marmite.

– Non, l'ami. Je ne me moque pas. De
toute façon, tu n'as pas répondu à ma
question. Tu m'as donné chaque fois des
exemples. Mais ce n'est pas ce que je
demande.

– Vraiment, que veux-tu donc savoir ?

– Je veux comprendre cette chose unique
qui orne toutes les choses belles.
Autrement dit : qu'est-ce que le beau en
soi ? Mais, je te l'accorde bien volontiers,
l'ami, tu ne sais quoi répondre, moi non
plus d'ailleurs... Mais qu'importe, tu
l'auras compris : c'est que les belles
choses sont difficiles...

LE PANIER À ORDURES

On dit souvent que le beau, c'est ce qui pare tout le reste, quelque chose qui s'ajoute aux choses et qui les fait paraître belles. L'or, par exemple, ou encore les pierres précieuses ou l'ivoire...

Tous ces matériaux sont beaux, mais cela ne nous dit pas ce qu'est le beau. Pour le savoir, il faut se mettre en chemin et poser à Socrate quelques questions.

– Dis-moi, Socrate, pourquoi prétends-tu

qu'une cuiller en bois peut être parfois plus belle que tout l'or du monde ?

– **Pour aller avec la marmite, entre une cuiller en bois de figuier et une cuiller en or, c'est la cuiller en bois qui convient le mieux.**

– Ah bon, pourquoi ?

– **Tu le sais bien, la cuiller en bois donne à la purée un parfum agréable. Et avec elle, on ne risque pas de briser la marmite, de répandre la purée, d'éteindre le feu.**

– Alors, tant qu'on y est, un panier à ordures est une belle chose ?

– **Eh oui !**

– Oh Socrate, une fois de plus, tu chicanes et ne fournis, comme discours, que des épluchures, des miettes et des rognures.

– Tu as peut-être raison, jeune homme.
Sache toutefois que toute chose peut être
à la fois la plus belle et la plus laide.
Mais classer des choses les unes par rapport aux autres ne dit pas ce que peut
être le beau en soi.

– Je ne te comprends pas.

Socrate marque un temps et lève le doigt vers
le ciel. Alors il dit :

– C'est par le beau que les choses sont
belles…

MALADRESSE VOLONTAIRE

– Vois-tu cet enfant qui joue au ballon ?

– **Eh oui, je le vois, dit Socrate**

– Il est dans une équipe de football et l'entraî-
neur met en lui de grands espoirs. Il a une par-
faite maîtrise du ballon.

– **Le dribble ?**

– Il est passé maître.

– **Le coup de pied retourné ?**

– Pour cela il n'a pas son égal. Par contre, cet
autre enfant là-bas, qui court après le ballon,
quel maladroit !

– Essayons pourtant, dit Socrate, de les faire jouer ensemble. Mais pour que l'affrontement ne soit pas trop inégal, je vais donner quelques conseils.

– Ah ! À cet enfant maladroit ? Il en aura bien besoin…

– Eh non, c'est à l'autre, le meilleur, que je vais dire quelques mots.

– Décidément, Socrate, tu m'étonneras toujours…

Socrate s'approche alors de l'enfant habile et chuchote quelque chose dans son oreille. Puis, l'instant d'après, il s'écrie :

– Tiens, regarde-les donc maintenant !

– Eh bien quoi ! je vois, Socrate, que l'enfant maladroit l'est toujours autant.

– Sûrement. Mais regarde un peu ton

champion ! Il vient de rater le ballon. Il
le rattrape. Non, il le rate encore. Et
même, regarde, il vient de le perdre !
Ah, vraiment, quel champion !

– Je ne te comprends pas, Socrate. Cet enfant
que je croyais doué, joue encore plus mal que
l'autre.

– C'est vrai. Je lui ai demandé d'être
maladroit volontairement. Mais un champion qui fait des fautes reste toujours un
champion.

NUL N'EST MÉCHANT
VOLONTAIREMENT

– Tu prétends, Socrate, que ceux qui font des fautes volontairement sont meilleurs que ceux qui les font involontairement.

– **Assurément. Celui qui échoue volontairement est le seul qui vaille. La puissance fait défaut à l'autre, à celui qui manque, qui butte, qui défaille.**

– Vraiment, je ne te comprends pas.

– **Préférerais-tu boiter volontairement ou involontairement ?**

– Volontairement.

– **Tu vois bien. Pense aux pitres, aux clowns… Quand l'homme échoue sans le faire exprès, il provoque le mépris, la pitié, au mieux l'indulgence…**

– Ainsi, pour toi Socrate, ceux qui nuisent aux autres, qui mentent, qui trompent… ceux qui font le mal volontairement sont meilleurs que ceux qui le font malgré eux.

– **Un sot n'a pas assez d'étoffe pour être bon.**

– Vraiment, Socrate, il m'est impossible d'être d'accord avec toi.

– **Rassure-toi, il est impossible, même pour moi, d'être en accord avec cela.**

– J'aime mieux ça.

– **Et le fait est que je n'ai jamais vu de près un homme méchant volontairement.**

– Comment cela ?

– **Un homme qui pense ce qu'il fait ne peut faire le mal. La méchanceté n'est que sottise, défaut d'esprit.**

– Défaut d'esprit ?

– **Oui. Nul n'est méchant volontairement.**

LES NŒUDS DE RUBAN

On passe sa vie à caresser des espoirs. Parfois même, pour faciliter les choses, on formule des vœux, on offre des ex-voto. Dans les pays qui bordent la Méditerranée, on accroche simplement des rubans aux arbustes, au bord des gouffres, dans des lieux que l'on croit propices aux demandes. Ce sont partout les mêmes prières. Elles oublient l'essentiel.

– J'ai noué un petit ruban de tissu, autour de la branche d'un arbuste.

– **Et alors ?**

– Eh bien, Socrate, souvent ce vœu se réa-
lise…

– **Quelle était donc ta demande ?**

– Avoir un fils serait mon vœu le plus cher !

– **C'est peu de chose.**

– Mais j'avoue que j'ai noué aussi un autre
ruban. C'est vrai, les enfants sont une richesse.
Mais si, par-dessus le marché, on peut avoir un
peu d'argent…

– **C'est peu de chose.**

– J'avais un troisième ruban.

– **Qu'espérais-tu donc ?**

– Ah, Socrate, comprends-moi ! Cet enfant
sera bien élevé, il aura tout ce dont il a besoin.
Mais il faut aussi qu'il fasse de bonnes études,
pour avoir plus tard une belle situation…

– **Tout cela, c'est peu de chose.**

– Je ne te comprends pas, Socrate. Chaque
fois, tu dis que c'est peu de chose…

– **Moi, Socrate, je te le dis : l'important,
ce n'est pas d'avoir un enfant de plus, de
la richesse ou une belle situation.
L'important ne s'obtient jamais en
nouant un simple ruban autour de la
branche d'un arbuste…**

– Mais alors, dis-moi, Socrate, qu'est-ce qui est
important ?

– **Ce qui est bien, c'est ce qui se gagne,
tout au long de la vie, au prix d'un effort
de chaque instant, et cela s'appelle la
vertu.**

LE COURAGE

– Socrate ! Regarde ces enfants qui se jettent à l'eau en sautant du pont !

– **Que faut-il voir ?**

– Oh ! Ils sont plus adroits les uns que les autres. Une cabriole avant et puis hop ! ils sautent sans même regarder où ils vont tomber. Quel courage !

– **Je ne crois guère…**

– Et celui-là, encore plus fort !

– **Comment cela ?**

– Eh bien ! Tu le vois : cette fois, une cabriole

arrière. Et juste au milieu de l'eau. Quelle adresse, quel courage !

– **Non, sûrement pas.**

– Oh ! Socrate, tu n'es jamais content. Je voudrais bien t'y voir.

– **Eh bien, justement.**

– Quoi donc ?

– **Je ne suis pas un enfant...**

– Mais enfin, le courage n'est pas une affaire d'âge. Et je sais qu'à la guerre, Socrate, tu as été fort courageux. Je ne te fais pas de reproches...

– **À ces enfants, moi, Socrate, je ferais bien des reproches. Mais encore plus à toi, l'ami !**

– Qu'ai-je donc fait encore...

– **Tu confonds les choses.**

– Je ne comprends pas.

– Être sans peur, par ignorance, ce n'est pas ça, le courage.

– Allons bon ! Voilà qu'il faut avoir peur pour être courageux

– **Non ! Moi, Socrate, je dis simplement qu'il n'y a pas de courage sans prévoyance.**

– Mais alors, ces enfants qui risquent de se rompre le cou ?

– **Eh bien, ils sont un peu fous. Mais c'est de leur âge...**

LA BAGUE DE GYGÈS

Il était une fois un berger du nom de Gygès,
qui possédait une bague merveilleuse.
Il était au service du roi qui régnait alors en
Lydie. Un jour, les bergers s'étant réunis pour
faire au roi leur rapport sur l'état des trou-
peaux, Gygès vint à l'assemblée, portant au
doigt son anneau. Ayant pris place, il tourna
par hasard, au-dedans de sa main, la pierre
précieuse qui ornait son bijou. Aussitôt, il
devint invisible à ses voisins : on parla de lui
comme s'il était parti, ce qui le remplit

d'étonnement. En maniant à nouveau sa bague, il tourna la pierre en dehors, et aussitôt il redevint visible.

– Suppose, Socrate, deux anneaux comme celui-là, mettons l'un au doigt de l'homme juste, l'autre au doigt de l'homme injuste.
– **Oui, et alors ?**
– Tu sais bien que n'importe quel homme, tournant la pierre de sa bague, et se rendant ainsi invisible, pourrait, sans se faire prendre, voler au marché ce qu'il voudrait, entrer dans les maisons pour piller, et même, pourquoi pas, pour tuer. Crois-tu que l'homme droit pourrait résister à une telle tentation ?
– **Tu te demandes si seule la loi force au respect de la justice ?**
– Oui, on n'est pas juste par choix, mais par

contrainte. Personne ne voit la justice comme un bien. Chaque fois que l'on croit pouvoir être injuste, on ne se prive pas de l'être. Tous les hommes savent que l'injustice, lorsque c'est eux qui la commettent, leur est beaucoup plus avantageuse que la justice.

– **Je te dis qu'il y a des hommes justes.**

– Non, Socrate, je te le répète : il n'y a pas d'hommes justes. Donne à l'homme de bien et au méchant un égal pouvoir de faire ce qui leur plaira…

– **Et alors ?**

– Eh bien, Socrate, nous verrons alors qu'entraîné par le désir d'avoir toujours plus, l'homme de bien s'engagera sur la même route que le méchant.

– **Si tu le peux, trouve donc cette bague ! Car avec elle, je pourrais tester** mon amour de la justice et voir si je résiste à la tentation de m'emparer du bien d'autrui. Tu sauras ainsi qui de moi, le vertueux, ou de toi, l'homme d'action, a raison.

– C'est impossible à trouver, tu sais bien que c'est une fable !

– Alors, tu parles en l'air... Tu ne peux pas prouver ce que tu dis. Sinon que...

– Sinon que quoi ?

– Tu en dis long sans le savoir.

– Sur quoi ?

– Sur toi-même et ton désir de commettre l'injustice. Je te le dis, moi, Socrate : seul le juste désire le juste.

L'EXEMPLE DU JUSTE

– Socrate, tu m'agaces. Tu répètes toujours les mêmes phrases sur les mêmes sujets. Tu nous parles d'ânes bâtés, de forgerons, de cordonniers…

– **Je l'admets volontiers.**

– Moi, au contraire…

– **Oui, eh bien toi, au contraire, tu t'efforces toujours de dire quelque chose de nouveau, même quand ce n'est pas possible…**

– Comment ça ?

– Lorsqu'il s'agit de dire ce qu'est le juste, je ne vois pas ce que tu pourrais dire de nouveau.

– Je ne te suis pas.

– Ce qui est juste, c'est quelque chose qui ne peut pas changer : le juste c'est le juste.

– Tu m'agaces, Socrate. Tu te moques des autres en réfutant toujours, sans vouloir jamais rendre de compte à personne ni, par un beau discours, exposer ton opinion.

– À défaut de parole, je ne cesse de faire voir ce qui me paraît être juste.

– Comment ?

– Je le fais voir par mes actes. C'est l'existence et la vie de l'homme juste qui dit le mieux ce qu'est la justice.

LA JUSTICE N'A PAS DE PRIX

– Vous autres, vous vous interrogez sur la justice.

– **Eh oui, l'ami, dit Socrate.**

– Je n'ai même pas besoin d'en causer. Je rends, moi, les hommes plus justes.

– **Comment donc, mon bon ami?**

– C'est bien simple : en leur donnant de l'argent !

– **Les hommes logent-ils la justice dans leur conscience ou dans leur porte-monnaie?**

– Dans leur conscience, évidemment.

– Et alors ? C'est vraiment en mettant de l'argent dans leur bourse que tu rends leur conscience plus juste ?

– Oui, c'est en leur donnant de l'argent.

– Pourquoi ?

– C'est que s'ils ont de quoi acheter ce qui est nécessaire pour vivre, ils ne prendront pas le risque d'être malhonnêtes…

– Te rendent-ils un jour l'argent que tu leur as donné ?

– Non, bien sûr que non.

– Te témoignent-ils au moins de la reconnaissance ?

– Non, pas même. Quelques-uns me détestent même plus encore qu'auparavant…

– Étrange chose ! Curieuse justice ! Tu peux rendre ces gens justes envers les autres, mais non envers toi-même !

LE BIEN EST LE BIEN

– Avant de décider si une chose est bonne ou mauvaise, il faut attendre un peu…

– Que veux-tu dire par là, demande Socrate ?

– Eh bien, c'est simple : il faut connaître les conséquences. On fait une chose qu'on pense être bonne, mais en fait c'est une bourde. Par la suite, il n'arrive que des malheurs. Tu me l'as dit toi-même, Socrate : un enfant doux et souriant dans son berceau, puis plus tard un vaurien qui fait le désespoir de ses parents…

– **Peut-être...**

– J'ai d'autres exemples. Regarde. Ces soldats qui portent secours à leurs camarades blessés... mais qui trouvent la mort justement en portant secours.

– **Ah non ! Je te le dis, moi, Socrate, ton exemple n'est pas bon.**

– Comment ça ?

– **Eh bien, ne pas porter secours, c'est être lâche.**

– En effet.

– **Et tu accepterais d'être un lâche ?**

– Cela jamais. Non, si j'étais lâche, je ne voudrais même pas rester en vie.

– **Alors tu vois bien que l'action d'un homme courageux est bonne en elle-même, indépendamment de la mort qui peut s'ensuivre.**

– Attends, Socrate ! C'est un peu compliqué.

– Non, je te le dis, c'est tout simple : il ne faut pas attendre les conséquences pour décider si une chose est bonne ou mauvaise.

L'ABEILLE

Par une chaude matinée de printemps, non loin d'un bosquet de saules et de tilleuls, Socrate et son ami se promènent dans la campagne autour d'Athènes. Sur le sol, le long du chemin, arrosé par un cours d'eau dont on devine le courant, un gazon semé de fleurs. Autour d'eux, volettent quelques abeilles.

– **Prends garde, dit Socrate. Ne fais pas de gestes inconsidérés.**
– Non. Pourquoi ?

– Ne vois-tu pas ces abeilles qui dansent autour de nous ? Si elles se croient menacées, elles se défendent.

– Ah ! Comment cela ?

– Par des piqûres encore plus douloureuses que celles des taons. Malgré tout, il faut bien apprendre à connaître les abeilles.

– Oui. Mais comment cela ?

– Regarde bien, l'ami, ces abeilles. Tiens ! Celle-ci qui s'est posée sur ma manche. Vois sa tête, ses ailes transparentes, deux de chaque côté... Son corps avec ses anneaux... Attention, voilà son aiguillon !

– Soit, Socrate. Mais qu'importe ! Une abeille, c'est toujours une abeille !

– Oh non ! Regarde bien cette autre. Elle

est plus grosse, toute poilue... Et au bout
de l'abdomen, pas de dard.

– Des abeilles différentes ?

– **Oui, l'ami. Et puis aussi, des grandes et
des petites, des noires et des jaunes...**

– Allons bon ! Toutes ces abeilles sont donc
différentes.

– **Pas si vite. Réfléchis donc un peu plus !
Tu vas sûrement pouvoir me le dire.**

– Oui, ça, sûrement. Mais quoi donc ?

– **Différentes, dis-tu. Pourtant, n'y a-t-il
pas quelque chose qui fait qu'il n'y a
aucune différence entre les abeilles, en
tant qu'elles sont justement des abeilles ?**

– Que veux-tu dire ?

– **Si tu regardes de près, toutes les
abeilles sont différentes les unes des
autres. Pourtant, ce sont toutes des**

abeilles. Il faut donc bien que, malgré ces différences, il y ait quelque chose de commun.

Il fait de plus en plus en chaud. L'ami de Socrate ne sait que dire. Les mots du sage volettent autour de lui, comme des abeilles de plus en plus rapprochées. Ressemblantes, pas ressemblantes ? Différentes, pas différentes ? Comment savoir ? Une abeille vient de se poser doucement sur sa main. Lentement l'ami approche la main de son visage, pour mieux voir. L'abeille le pique.

Le rire de Socrate arrive à ses oreilles juste au moment où il se pose la question : « Est-ce que toutes les abeilles piquent ? »

CONTRARIÉTÉ

Le cours d'eau serpente parmi les peupliers. À l'ombre bruissante de leurs feuillages, un groupe, assis en cercle, discute. Socrate, son éternel manteau sur l'épaule, pose des questions, tandis qu'avec son bâton, comme pour se distraire, il semble dessiner sur le sol quelque figure.

– Enfin, l'ami, chacun le sait bien depuis son plus jeune âge : tout être qui vient au monde est soit un garçon, soit une fille.

– Tu ne m'apprends rien, là, Socrate !

– **Mais, à partir de là, tu peux multiplier les exemples comme tu veux.**

– Comment cela ?

– **Eh bien, regarde cet arbre !**

– Soit.

– **N'est-il pas grand ?**

– Certes.

– **Et celui-ci, n'est-il pas petit ?**

– Évidemment, Socrate.

– **Peux-tu imaginer qu'une chose soit grande, s'il n'y a pas aussi des choses petites.**

– Tu as sans doute raison, Socrate.

– **Eh bien, l'un est le contraire de l'autre.**

– Le froid, Socrate, est donc le contraire du chaud ?

– **Si tu veux, l'ami.**

– Et le grand est le contraire du petit ?

– **Parfaitement.**

– Ainsi, j'ai compris, Socrate : les choses vont par deux.

– **Si tu veux… Mais, enfin, pas toujours…**

– Mais si, Socrate. Regarde : le blanc et le noir.

– Et alors ?

– Eh bien, c'est clair : le blanc est le contraire du noir. Et le noir est le contraire du blanc.

– Tu as raison, l'ami. Et un contraire n'a jamais qu'un seul contraire.

– Oh ! Là, Socrate, tu deviens trop difficile. Mais l'important, c'est que tout aille par deux…

Alors Socrate, qui sur le sol, on ne sait pourquoi, a dessiné un carré, part d'un grand éclat de rire, qui retentit jusqu'au sommet des arbres.

– Et le rouge, l'ami ! Qu'est-ce que tu fais du rouge… Il n'a pas de contraire !

LE PAIR ET L'IMPAIR

Sous le feuillage épais de l'acacia au tronc
noueux, un banc avait été installé tant bien
que mal. Sur le sol, des enfants avaient aban-
donné leurs osselets. Haut dans le ciel, le soleil
irradiait une lumière presque insoutenable.
Des hommes avaient pris place et, chacun à
tour de rôle, comme on le ferait à une tribune,
semblait prononcer un discours.
Mais Socrate les interrompait sans cesse.
– Vraiment, Socrate, tu poses de drôles de
questions !

– **Ces questions, je me les pose à moi-même.**

– C'est pourtant simple. Si une chose t'appartient et qu'elle m'appartient aussi, c'est qu'elle nous appartient à tous les deux.

– **Peut-être...**

– Comment ça, peut-être ? Si tu es en bonne santé et que moi aussi je suis en bonne santé, alors nous sommes en bonne santé tous les deux.

– **C'est vrai...**

– Au contraire : si tu es malade et que je suis malade aussi, alors nous sommes malades tous les deux.

– **C'est vrai...**

– Et, tu peux continuer autant que tu veux. Par exemple : si tu es juste et que je suis juste, eh bien, nous sommes justes tous les deux.

– C'est vrai...

– Tu vois que j'ai raison contre toi, Socrate. Une chose comme la bonne santé, la maladie, la justice, si chacun d'entre nous l'a, eh bien, nous l'avons ensemble ! Il en est ainsi de chaque chose...

– **Peut-être pas !**

– Comment ça ! Tâche un peu de m'expliquer cette fantaisie !

Alors Socrate, se penchant, ramassa un osselet, le lança en l'air et le fit tomber, comme l'eût fait un enfant, sur le dos de sa main.

– **Pair ou impair ?**

– Impair, il n'y en a qu'un.

Puis il prit un autre un osselet, le lança et le fit tomber, sur le dos de sa main

– **Et cette fois ?**

– Impair, il n'y en a qu'un.

Alors Socrate ramassa les deux osselets, les lança ensemble et les fit tomber de nouveau sur le dos de sa main.

– **Et cette fois.**

– Eh bien, pair, Socrate, puisqu'il y en a deux…

– **Tu découvres, l'ami, ce que savent déjà les enfants : l'impair plus l'impair ne donnent jamais l'impair, mais le pair.**

– C'est compliqué.

– **Pas tant que ça. Comprends que ce qui est vrai de la bonne santé, de la maladie, de la justice… ne l'est pas des nombres.**

SEUL L'HOMME AGIT

– Je ne te comprends pas, Socrate.

– **Pourtant, c'est on ne peut plus simple.**

– Peut-être, mais tu es toujours en train de faire des distinctions. Cela m'embrouille, tout tourne dans ma tête. Rien ne veut rester en place.

– **Allez, reprends avec moi.**

– Soit, Socrate, je te suis.

– **Tu sais ce que c'est que voir ?**

– Évidemment, je le sais.

– **Et tu sais le distinguer d'être vu ?**

– Ben…

– **Tu sais ce que c'est que conduire ?**
– Évidemment, je le sais.
– **Et tu sais le distinguer d'être conduit ?**
– Ben…
– **Tu sais ce que c'est que porter ?**
– Bon. Ça suffit, Socrate. Tu vas me demander maintenant si je sais le distinguer d'être porté.
– **Effectivement. Et alors ?**
– Ben…
– **Ne désespère pas, l'ami. Tu sais déjà ce que c'est que voir, conduire, porter.**
– Certes.
– **Et tu sais le distinguer d'être vu, d'être conduit, d'être porté ?**
– Assurément.
– **Y a-t-il quelque chose de commun à tout cela ?**
– Ah non, Socrate ! Arrête un peu. Tantôt tu

veux distinguer, tantôt tu veux unifier. Tu ne
sais pas ce que tu veux…

– **Eh bien, je te donne un autre exemple :
pour aimer ou être aimé, il faut qu'il y
ait quelque chose de commun.**

– Quoi donc ?

– **Eh bien, moi ! Moi, Socrate ! Un
Socrate qui aime, ou qui est aimé.**

– Ah, oui ! Je me souviens, Socrate est un
homme.

– **Eh oui ! Tu as raison : les choses peu-
vent être vues, conduites, portées, mais
ne voient pas, ne conduisent pas, ne portent pas. Et si elles sont vues, conduites,
portées, c'est parce qu'on les voit, qu'on
les conduit, qu'on les porte. L'action
n'existe pas sans un agent. C'est toujours
l'homme qui agit…**

– J'ai compris, Socrate.

– **Alors essaie de comprendre ce qui suit : ce n'est pas parce qu'une chose est aimée qu'elle est aimée de ceux qui l'aiment, mais c'est parce qu'ils l'aiment qu'elle est aimée.**

– Alors là, je ne te suis plus.

– **C'est que les choses n'ont pas d'âme, elles ne sauraient agir. Quand on dit qu'une chose est aimée, on veut dire en fait qu'un humain l'aime…**

LA MORT N'EST PAS UN MAL

Avec Socrate, agitateur professionnel, les juges ont été bien embarrassés. Ils ont commencé par lui proposer de le mettre à mort, pour le punir d'avoir corrompu la jeunesse, d'avoir introduit de nouvelles divinités, de ne pas croire pour de bon aux dieux reconnus. On pensait que Socrate ferait une contre-proposition acceptable : une amende qu'il serait prêt à payer rubis sur l'ongle, un exil provisoire…
On ne pouvait pas imaginer que, par une plaisanterie inacceptable, il proposerait qu'on lui

verse une pension pour le remercier de tout ce
qu'il avait fait pour le pays. C'était de la pro-
vocation.
Alors les juges se sont énervés, et l'ont
condamné à mort à une forte majorité.

– Comment se fait-il, Socrate, que tu aies pu
aussi facilement accepter la peine de mort ?
Tu aurais pu tenter de te concilier tes conci-
toyens. Tu aurais pu fuir, choisir l'exil, ou
encore accepter que tes disciples te fassent
évader. Or, tu n'en as rien fait !
– **Au cours du procès, à aucun moment
je n'ai entendu ma voix intérieure
m'empêcher de faire ou de dire quoi
que ce soit : c'est que, sans doute, ce
qui m'arrive est bon pour moi. C'est
nous qui nous trompons lorsque nous**

nous figurons que la mort est un mal.

– Tu déraisonnes, Socrate.

– Si ma vie se prolonge, je suis sûr de voir arriver infailliblement tous les maux de la vieillesse : je verrai moins clair, j'entendrai moins bien, j'apprendrai plus difficilement et j'oublierai plus vite ce que j'aurai appris. Or, si je me sens déchoir et que je suis mécontent de moi-même, comment pourrais-je encore prendre plaisir à vivre ?

– Tu exagères, Socrate. Tout cela ne vient pas si vite et en même temps.

– **Réfléchissons.**

– À quoi ?

– **On a de bonnes raisons de penser que mourir est un bien !**

– Comment cela ?

– De deux choses l'une : ou bien celui qui est mort n'est plus rien, et, dans ce cas, il n'a plus aucun sentiment de quoi que ce soit.

– Oui, tu as raison, on entend rarement les morts se plaindre.

– Si la mort est seulement un grand sommeil, – sans même un rêve –, c'est comme une seule nuit qui durerait toujours.

– Et dans l'autre cas ?

– La mort est un départ, un passage de l'âme de ce lieu dans un autre.

– Et alors, si la mort est un départ ?

– Si la mort est un passage, quel bonheur d'être immortel et de pouvoir ainsi discuter avec tous ceux que nous avons aimés et qui nous ont précédés !

– Vraiment ?

– Être débarrassé de ceux qui se prétendent des juges, pouvoir discuter avec les
héros que la Grèce a connus, quel bonheur !

– Oui, peut-être…

– D'autant plus qu'à tout prendre on
ne risque plus d'être mis à mort. Un
des avantages qu'ont les morts sur nous,
c'est d'être désormais, à tout jamais,
immortels.

UN COQ À ESCULAPE

C'était la coutume, au temps des Anciens, de sacrifier des animaux, des bœufs, des moutons… à tel ou tel dieu, pour se les rendre favorables, ou pour obtenir d'eux la réalisation d'un vœu, ou encore pour les remercier d'une bonne nouvelle. Ainsi offrait-on un coq à Esculape, le dieu de la Médecine, à l'occasion d'une guérison. L'attitude de Socrate au moment de sa mort, ne manque pas d'être paradoxale.

– Ah ! Socrate, le désespoir m'accable…

– **Quoi donc ?**

– Mais… la mort bientôt, si injuste…

– C'est le destin de chacun. Et puis…

– Mais non, Socrate ! Tu as l'air d'oublier que tu as été condamné par un tribunal. On t'apportera bientôt une coupe pleine de poison. De la ciguë. Et tu devras la boire d'un coup. Alors, peu à peu, tes jambes s'engourdiront, le froid gagnera tout ton corps. Et puis ton cœur cessera de battre.

– Tu ne m'apprends rien. Mais c'est vrai que je ne suis pas encore tout à fait prêt.

– Ah ! tu vois, Socrate, c'est un terrible moment.

– Non, bien au contraire ! Un simple passage…

– Allons, Socrate, comment peux-tu dire une chose pareille ?

– Oui, je compte sur toi, l'ami, pour

remercier le dieu de la Médecine... Voilà ce qu'il ne fallait pas que j'oublie. Souviens-toi ! Quitter la vie qui se termine. Toutes ces heures qui nous ont blessés... C'est comme une guérison !

– Il n'y a plus rien à faire.

– Si, l'ami : il faut sacrifier un coq à Esculape... Remercions le dieu de la Médecine de me guérir de la vie.

ÉPILOGUE
PREMIER AMOUR

— Voilà une course de mille mètres que j'ai bien aimée !

— Tu es arrivé en tête ?

— Ah non ! Même pas. Mais j'aime la course.

— Repose-toi un peu... Tu es trop essouf-flé. Là, assieds-toi. Et dis-moi donc pour-quoi tu aimes une course que tu ne gagnes même pas.

— Voyons, Socrate ! Ce n'est pas cette course que j'aime, mais la course en général.

– **Pourtant, tu les gagnes souvent, les courses.**

– Ah oui ! Bien sûr.

– **Et tu préfères plutôt les courses que tu gagnes...**

– Oui, enfin... C'est-à-dire...

– **Mais si tu les gagnais toutes, ça te plairait moins.**

– Peut-être...

– **Et s'il n'y avait personne avec toi pour courir, ça ne te plairait plus du tout. Au fond, ce n'est peut-être pas la course que tu aimes.**

– Oh ! Socrate ! Comme toujours tu exagères

– **Non, l'ami. Tu crois que c'est la course que tu aimes. Mais, en réalité, tu aimes autre chose.**

– Tu as peut-être raison, Socrate. Ce que

j'aime, c'est la compétition. Me mesurer aux autres. Être au coude à coude, et puis, dans les derniers cent mètres, augmenter d'un coup l'allure, la poitrine en avant. Chaque fois que les enjambées s'allongent, on sait que l'on va bientôt gagner, au prix d'un suprême effort.

– **C'est donc que tu aimes autre chose que la compétition.**

– Comment cela, Socrate ? Je ne te comprends pas.

– **Eh bien, l'ami, chaque fois que tu aimes quelque chose, c'est en vue d'une autre chose, que tu aimes aussi.**

– Comment cela, Socrate ?

– **Comme une spirale qui s'éloigne chaque fois.**

– Socrate, tu es bien étrange.

– **Si nous aimons quelque chose, non**

pour cette chose même mais pour autre chose et cette autre chose pour autre chose et ainsi de suite... c'est peut-être parce qu'aucun amour ne peut nous satisfaire.

– Que veux-tu dire ?

– Il y a une première chose que nous avons aimée jadis, sans le savoir, une première chose qui nous manque et que nous recherchons sans fin à travers tout ce que nous aimons.

– La retrouverons-nous un jour ?

– Peut-être. Mais seulement quand ta dernière course sera venue.

RÉFÉRENCES BIBLIOGRAPHIQUES

PORTRAIT

01. La beauté de Socrate, Xénophon, *Banquet*, V, 5-6

02. Au-delà des apparences, Platon, *Banquet*, 215 b

03. Danser sa vie, Xénophon, *Banquet*, II, 16-19

04. Le chien fou, Platon, *République*, 11, 375 d -376 c

05. Le cri des oies, Diogène Laërce, *Vie, doctrine et sentences des philosophes illustres*, Socrate

06. Le cheval rétif, Diogène Laërce, *Vie, doctrine et sentences des philosophes illustres*, Socrate

07. Après l'orage, la pluie, Diogène Laërce, *Vie, doctrine et sentences des philosophes illustres*, Socrate

08. Rares amis, La Fontaine, *Fables*, IV-17, Parole de Socrate *

08. bis. Les trois tamis, Tradition populaire

09. Un plat de lentilles, Diogène Laërce, *Vie, doctrine et sentences des philosophes illustres*, Socrate

10. Le *daïmon* de Socrate, Platon, *Apologie de Socrate*, 31 d

ÉLOGE DE LA PAUVRETÉ

11. Le diseur de beaux vers, Platon, *Hippias mineur*, 368 b-c

12. Avantage de la pauvreté, Xénophon, *Banquet*, III, 9

13. La flamme du regard, Platon, *Premier Alcibiade*, 131 c-d

LA MÉTHODE SOCRATIQUE

14. Sagesse socratique, Platon, *Apologie de Socrate*, 21 a

15. Le savoir de son ignorance, Platon, *Charmide*, 175 c

16. Le poisson torpille, Platon, *Ménon*, 80 a-d

17. Le taon qui pique, Platon, *Apologie de Socrate*, 30 a-b

18. Le cheval qui se roule, Élien, *Histoires variées*

19. L'accoucheur des âmes, Platon, *Théétète*, 150 e

GRAINES DE SAGESSE

20. Présages incertains, Tradition populaire

21. Le parfum de la sagesse, Xénophon, *Banquet*, II, 4

22. Vanité des vanités, Diogène Laërce, *Vie, doctrine et sentences des philosophes illustres*, Socrate

23. Le singe, les coqs et l'âne, Diogène Laërce, *Vie, doctrine et*

sentences des philosophes illustres, Socrate

24. Des chevaux et des hommes, Platon, *Phèdre*, 246 b

LE VRAI, LE BEAU ET LE BIEN

25. L'entre-deux, Platon, *Lysis*, 217 a-c

26. Le puits et les étoiles, Platon, *Théétète*, 174 a-c

27. L'illimité, Platon, *Théétète*, 173 d-e

28. Le pluvier ou le tonneau percé, Platon, *Gorgias*, 494 b

29. La belle marmite, Platon, *Hippias majeur*, 288 d

31. Maladresse volontaire, Platon, *Alcibiade*, 117 c-118 b

31 bis. Nul n'est méchant volontairement, Platon, 77 a-78 b

32. Les nœuds de ruban, Tradition populaire

33. Le courage, Platon, *Lachès*, 307 c-d

34. La bague de Gygès, Platon, *République*, II, 359 b

35. L'exemple du juste, Platon, *Hippias majeur*, 287 c

36. La justice n'a pas de prix, Xénophon, *Banquet*, IV, 2-3

37. Le bien, c'est le bien, Platon, *Hippias majeur*, 287 c

UN PEU DE LOGIQUE

38. L'abeille, Platon, *Ménon*, 72 a-b

39. Contrariété, Platon, *Protagoras*, 332 c-d

40. Le pair et l'impair, Platon, *Hippias majeur*, 302, a-b

41. Seul l'homme agit, Platon, *Euthyphron*, 10 a-d

LA MORT DU SAGE

42. La mort n'est pas un mal, Platon, *Apologie de Socrate*, 40 b-42 c

43. Un coq à Esculape, Platon, *Phédon*, 118 a

ÉPILOGUE

44. Premier amour, Platon, *Lysis*, 219 d